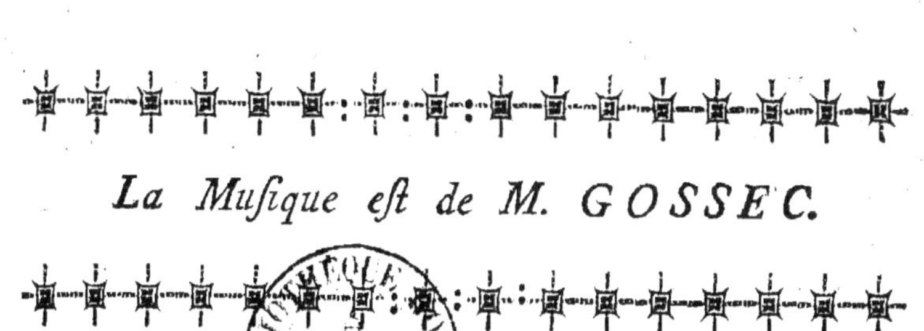

La *Musique* est de M. GOSSEC.

ACTEURS ET ACTRICES
CHANTANTS DANS LES CHŒURS.

Côté du Roi.		Côté de la Reine.	
Mesdemoiselles.	*Messieurs.*	*Mesdemoiselles.*	*Messieurs.*
Fontenet.	Cailteau.	le Bourgeois.	Candeille.
d'Hautrive.	Héri.	d'Agée.	Vatelin.
Veron.	Lagier.	des Rosières.	l'Écuyer.
Renard.	Van-Hecke.	de l'Or.	Tourcati.
Garrus.	Martin.	Chenais.	Ghuiot.
Rouxelin.	le Grand.	Denis.	Capoi.
Duval.	Hallmans.	de Merei.	Moreau.
Longeau.	Boi.	Thaunat.	Méon.
Bellier.	Huet.	Duffée.	Beghaim.
Sanctus.	Itaffe.	Châteauvieux.	Cleret.
de Sivri.	Parant.	du Fresnoi.	Tacuffet.
S. Aubin.	Jouve.	Constance.	Baillon.
		de Beaulieu.	de Lori.
			Fagnan.

ACTEURS CHANTANTS.

ALEXIS,	M. le Gros.
DAPHNÉ,	Mad. l'Arrivée.
MYRTIL,	M. Tirot.
PALÉMON,	M. Durand.
VÉNUS,	Mlle. Longeau.
Suite de VÉNUS.	

PERSONNAGES DANSANTS.

*AMANTS & PLAISIRS de la Suite
de VÉNUS.*

M. VESTRIS, Mlle. GUIMARD.

M. GARDEL, Mlle. HEINEL.

M^rs. Leger , Abraham.

Mlles. d'Elfebvre , Perolle.

M^rs. Hennequin, l., le Breton, Caſter, Guillet,
Rufflet, le Bel, Olivier, Perolle.

Mlles. Gertrude , du Mont, Thiſte , Henriette,
Conſtance, du Pin, Eſther, Imbert.

PREMIERE

PREMIÉRE ENTRÉE.

ALEXIS ET DAPHNÉ. *

Le théâtre repréſente une campagne agréable ; d'un côté, deux cabanes unies entr'elles par un berceau de mirthes ; de l'autre côté, mais vers le fond du théâtre, l'autel de VÉNUS.

SCÊNE PREMIÉRE.

ALEXIS, PALÉMON.

ALEXIS.

Quel eſt donc ce berger ? dis, répons.

PALÉMON.

Je l'ignore.

ALEXIS.

Depuis quand dans ces lieux ?

* Le ſujet de cet Acte d'Opera eſt tiré d'une Idile de M. *Geſner*, intitulée LA JALOUSIE.

A

P A L É M O N.

Déja trois fois l'aurore
A chaffé l'ombre de la nuit....

A L E X I S.

Cette cabane...?

P A L É M O N.

C'eſt la ſienne;
Vers celle de Daphné ce berceau le conduit.

A L E X I S.

Et ſans-cèſſe il la voit, & par-tout il la ſuit?

P A L É M O N.

Qu'elle aille dans nos champs, des champs qu'elle
revienne,
A tout heure, en tout lieu....

A L E X I S.

Cruel, n'acheve pas.

P A L É M O N.

Malheureux Alexis, je t'afflige & t'irrite;
Crois-moi, romps tes liens.

A L E X I S.

Eh! le pourrois-je, hélas?

PALÉMON.

Dans la cabane où ce berger habite
    Daphné souvent porte ses pas;
Souvent . . .

ALEXIS.

    C'en est assés; j'ai vu, j'ai vu moi-même . . .
Écoute, & plains un cœur, qu'elle outrage & qui
    l'aime.

ROMANCE.

Loin de ces bois charmants à regret entraîné,
Mes jours, mes tristes jours s'écouloient dans les
    larmes;
Le ciel, que j'implorois, touché de mes allarmes,
Me ramène en des lieux où respire Daphné.

Je revois ce coteau de mirthes couronné,
Ces prés, dont mille fleurs émaillent la surface;
Mes soupçons inquièts, mes chagrins, tout s'efface
En approchant des lieux où respire Daphné.

«O Daphné, me disois-je, ô moment fortuné!
» Tout parle ici de toi, tout me peint ma bergère. »
Sur le sable ai-je vu quelque trace legère?
«Peut-être ce sont-là les traces de Daphné».

RÉCITATIF OBLIGÉ.

Vers le sommet de la montagne
J'arrive, en achevant ces mots:
Mes regards empreffés parcourent la campagne...
Quel objet, Palémon! ah! connois tous mes maux.
Un berger repofoit à l'ombre de ce hêtre:
    L'éloignement me dérobe fes traits;
Près de lui.... ciel!... Mes yeux vous me trompés
    peut-être,
Je regarde.... c'eft elle, oui, voilà fes attraits;
L'œil jaloux d'un amant peut-il les méconnoître?

A I R.

Non, rien n'égale ma fureur!
Cruel amour, je romps ta chaîne:
Accours, impitoyable haîne,
Viens remplir mon âme d'horreur.

Hélas! ma jufte prévoyance
M'annonçoit le malheur que j'éprouve en ce jour:
    Son cœur eft né pour l'inconftance;
Elle aime à nous féduire, & connoît peu l'amour.

PALÉMON.

Je l'apperçois.

ALEXIS.

O ciel!.. je tremble, je friſſonne...
Ah! courons vers Daphné ...ma force m'abandonne...
Mais ce berger la ſuit ! cachons-nous à ſes yeux ;
Dévoilons de ſon cœur les replis odieux.

SCÈNE II.

DAPHNÉ, MYRTIL.

DAPHNÉ.

A I R.

Viens, tranquille Phébé, déèsse bienfaisante,
     Élève-toi du sein des eaux ;
Et, versant du sommeil la douceur consolante,
     Des malheureux suspens les maux.
Quand la nuit dans nos champs conduira le silence,
(*En montrant l'autel, qui est dans le fond du théâtre.*)
J'irai sacrifier à l'autel de Vénus.
O nuit ! de mon amour les vœux te sont connus ;
Mes larmes ont coulé cent fois en ta présence :

     Élève-toi du sein des eaux ,
Viens, tranquille Phebé , déèsse bienfaisante ;
Et, versant du sommeil la douceur consolante,
     Des malheureux suspens les maux.

(*à MYRTIL.*)

     As - tu préparé ces guirlandes,
     Simples & modestes offrandes,
Qu'à l'autel de Vénus nous devons attacher ?

MYRTIL.

(Il montre ſa cabane.)
Oui ; tous deux à l'inſtant nous irons les chercher.

DAPHNÉ.

Je ne ſais quel heureux préſage
M'annonce des jours plus ſereins.
(à MYRTIL.)
Ton retour de mon âme adoucit les chagrins ;
Mon bonheur, ô Vénus, deviendra ton ouvrage.

ARIETTE.

Vole, viens dans ces lieux ſignaler ton pouvoir ;
Vénus, je ſens déja renaître l'eſpérance ;
C'eſt-toi, c'eſt ton ſecours qui me rend l'aſſurance ;
Ton premier bienfait eſt l'eſpoir.

MYRTIL.

Marchons; la nuit approche & ſes voiles, plus ſombres,
Déja du crépuſcule épaiſſiſſent les ombres.
(Ils vont dans la cabane de MYRTIL.)

SCÊNE III.

ALEXIS, *seul.*

QUel est ce sacrifice à la mère d'Amour?...
De ce berger, disois-tu, le retour
A ramené le calme dans ton âme...
Tu vas prendre le ciel à témoin de ta flâme;
Perfide! eh, les sermens qui nous avoient liés!
Le ciel, ainsi que toi, les a-t-il oubliés?
Tu vas te parjurer, & tu veux qu'il t'entende?

(*Il marche vers l'autel.*)

Je t'implore, Vénus; rejette sa demande,
Confonds ses vœux humiliés:
Je ne t'offrirai point une vaine guirlande,
C'est mon cœur déchiré, que je mèts à tes piés.

(*Il tombe sur l'autel.*)

SCÈNE IV.

DAPHNÉ, MYRTIL, ALEXIS.

(MYRTIL & DAPHNÉ sortent de la cabane où ils étoient entrés ; ALEXIS, qui les entend, se retire derrière l'autel.)

D U O.

DAPHNÉ.

JE tremble.

MYRTIL.

Viens.

DAPHNÉ.

Je palpite.

MYRTIL.

Viens, Daphné, suis-moi.

DAPHNÉ.

Le feuillage, qui s'agite,
Me remplit d'effroi.

MYRTIL.

Rassure ton cœur timide ;
L'Amour t'inspire & te guide,

B

Viens, Daphné, raſſure-toi.

D A P H N É.

De Phébé la lumière pâle
Perce à -peine ces mirthes verds.

M Y R T I L.

Elle brille à nos yeux, & fuit par intervalle.

E N S E M B L E.

Conduiſés-nous dans ces vallons déſerts,
Aſtres, qui de vos feux rempliſſés l'univers ;
Phébé, qu'aucun nuage
Ne voile ton image,
N'obſcurciſſe les airs ;
Aſtres, conduiſés-nous dans ces vallons déſerts.

D A P H N É.

Demeurons.

(*Ils s'arrêtent à quelque diſtance de l'autel ;* Daphné *place* Myrtil *en cet endroit.*)

A l'autel je monte la première.

M Y R T I L.

Vas ; daigne la déèſſe entendre ta prière.

(*Elle couronne* Vénus *de guirlandes de fleurs.*)

D A P H N É.

O Vénus ! je t'offre ces fleurs,
Dont la terre fertilisée
Nuança pour toi les couleurs.

O Vénus ! je t'offre ces fleurs
Encor fraîches de la rosée,
Humides encor de mes pleurs.

De nos amours puissante protectrice,
Dans ces hameaux ramène mon berger ;
Qu'il soit constant ; qu'à-jamais il chérisse
Daphné qui l'aime, & ne sauroit changer.

Rens-moi mon Aléxis.

*ALEXIS, encore caché derrière l'autel ; mais se
montrant au spectateur.*

Qu'entens-je ? que dit-elle ?

D A P H N É.

Rens-moi mon Aléxis, ô Vénus !

A L E X I S. Il s'élance vers DAPHNÉ.

O Daphné !

Il tombe à tes genoux ; il t'aime, il est fidele.

D A P H N É.

Alexis !…. mon cœur étonné….

SCÈNE V.

LES ACTEURS PRÉCÉDENTS, PALÉMON.
(ALEXIS & DAPHNÉ *se levent de l'autel, & courent precipitamment vers* MYRTIL.)

DAPHNÉ.

AH, mon frère ! c'est lui que le ciel me renvoie.

MYRTIL.

Alexis ?

ALEXIS.

Ton frère ?

DAPHNÉ.

Oui.

MYRTIL & PALÉMON.

Le premier s'adressant à DAPHNÉ, *le second à* ALEXIS.

Je partage ta joie.

DAPHNÉ.

Myrtil !

MYRTIL, *embrassant* ALEXIS.

Sois son époux, sois mon frère.

ALEXIS.

Grands dieux !

MYRTIL, vivement.

Avec vous déformais j'habiterai ces lieux.

ALEXIS, DAPHNÉ, MYRTIL,
& PALÉMON.

QUATUOR.

{ Immortelle Vénus, recevés notre hommage :
{ Immortelle Vénus, recevés leur hommage :

Les amants malheureux vous offrent leur encens ;
Des amants fortunés les cœurs reconnoiffans
Vous en doivent offrir mille fois davantage.

ALEXIS.

Daphné !

DAPHNÉ.

Cher Aléxis !

ALEXIS.

Daphné, le croiras-tu ?
Tourmenté de foupçons, & d'ennuis abattu,
Ton Alexis, hélas ! t'accufoit d'inconftance.

DAPHNÉ.

Tu m'accufois ? l'ai-je bien entendu ?

ALEXIS.

Ton frère, ce berger à te fuivre affidu,
Excitoit de mon cœur l'injufte défiance.

MYRTIL & PALÉMON.

Daphné , pardonne à ton amant ;
L'amour eſt inquiet , il s'allarme aiſément.

ALEXIS.

Les craintes de l'amour ne ſont point une offenſe :

DAPHNÉ.

Vas , je chéris l'effet d'un tendre ſentiment :
Qu'un bonheur ſans nuage en ſoit la récompenſe.

MYRTIL & PALÉMON.

Chantons ; juſques aux cieux élevons nos accens.

ENSEMBLE.

Immortelle Vénus , recevés notre hommage : &c. *

** Cet Acte devoit finir ici : comme la ſeconde Entrée commence & finit par un ballet , on croyoit pouvoir ſe diſpenſer d'en mettre un dans la première. Les repréſentations qui ont été faites là-deſſus à l'Auteur , lui ont fait ajouter , après - coup , le divertiſſement qui ſuit.*

SCÈNE VI.

(Vénus descend avec fa Suite fur un char lumineux.)

VÉNUS, DAPHNÉ, ALEXIS, MYRTIL, PALÉMON.

DAPHNÉ.

Mais quel éclat nouveau ? quels fublimes accords
De mon cœur enchanté raniment les tranfports ?

VÉNUS.

Reconnoiffés Vénus au trouble qu'elle infpire.
C'eft moi qui de mon fils difpenfe les bienfaits ;
    Vivés heureux , & qu'à-jamais
Dans les cœurs que j'unis la jaloufie expire.

ALEXIS.

Oui, j'étouffe en mon âme un fentiment jaloux ;
Daphné, Vénus, Hymen, je le jure par vous.

VÉNUS, *à fa* SUITE.

Peuples de Cithère,

Peignés à leurs yeux
Le bonheur d'aimer & de plaire.

Qu'ils fachent qu'un amour confiant & fincère,
Eft le plus grand bienfait des dieux.

CHŒUR de la Suite de VÉNUS.

Peignons à leurs yeux
Le bonheur d'aimer & de plaire ;
Qu'ils fachent qu'un amour confiant & fincère,
Eft le plus grand bienfait des dieux.

(On danfe.)

LE *CHŒUR.*

O Vénus, tout reffent ta divine influence :
La terre eft foumife à ta loi ;
Des dieux la fuprême puiffance
S'abaîffe & fléchit devant toi.

Si les oifeaux, fous le feuillage,
Font entendre leur doux ramage,
Déèffe des amours, ils expriment tes feux :
La fleur qui vient d'éclore,

Nous

Nous dit que, près de Flore,
Vénus a ramené le zéphire amoureux.

O Vénus, *&c.* (*On danfe.*)

ARIETTE.*

A L E X I S.

Souvent l'éclat des plus beaux jours
S'éteint au milieu de leur cours ;
Au calme fuccede l'orage :
L'éclair embrâfe le nuage,
La foudre éclate dans les airs ;
Des Aquilons l'affreux ravage
Répand l'effroi dans l'univers :
Pour les cœurs, que l'amour engage,
Telle eft la jaloufie & fes tourmens divers.

Plus d'ennuis, plûs de larmes ;
D'un amour fans allarmes,
Goutés les doux attraits.

* La Mufique de cette Ariette a été compofée fur d'autres paroles,
qui ne font point de l'Auteur de cet Opera : en la parodiant, on a
confervé, autant qu'il étoit poffible, les mots, & même les vers qui
ont fourni au Muficien des principaux motifs.

C

Ma bergère est fidele,
Une ardeur mutuelle
M'enflâme pour jamais.
Plus d'ennuis, plus de larmes ;
D'un amour sans allarmes,
Goutons les doux attraits.

Un ballet général termine cette première Entrée.

PHILÉMON
ET
BAUCIS.

ACTEURS CHANTANTS.

BAUCIS,	Mlle. le Vasseur.
PHILÉMON,	M. l'Arrivée.
JUPITER	M. Gélin.
MERCURE,	M. Muguet.
CONVIVES,	M. M. { De la Suze. / Moreau. / Lainez. }
UN MINISTRE DU FESTIN,	M. Logier.
GRECS & GRECQUES.	

PERSONNAGES DANSANTS.
PREMIER DIVERTISSEMENT.
GRECS & GRECQUES.

M. des PRÉAUX, Mlle. HIDOU.

Mrs. Henri, Huart, Dangui, Rivet, du Chaîsne, Simonet.

Mlles. Martin, Jouveau, Lallin, l'Huillier, Bigotini, Saunier.

SECOND DIVERTISSEMENT.
BERGERS & BERGERES.

Mrs. GARDEL, c., VESTRIS, f.

Mlles. DORIVAL, ASSELIN.

Mrs. Dossion, Caster, Guillet, Rufflet, le Roi, 2, Olivier.

Mlles. Gertrude, Thiste, Constance, du Pin, Esther, Camille.

PASTRES AGRÉABLES.

Mlle. PESLIN.

M. MALTER,   Mlle. HIDOU.

Mrs. la Rue, Barré, Largillière, Fontaine, Duffel,
Hennequin, c.

Mlles. du Mont, Henriette, des Haies, Duval, Baudouin,
Lallin, c.

DEUXIÉME ENTRÉE.

PHILÉMON
ET
BAUCIS.

*(Il est nuit. Le théâtre représente une salle destinée
à une ORGIE : on apperçoit, dans une salle
voisine, l'appareil d'un festin : trois CONVIVES
sortent de là, leur coupes à la main : des courtisan-
nes, voluptueusement parées, leur versent à
boire ; une troupe nombreuse de chanteurs & de
danseurs orne la salle).*

SCÉNE PREMIÈRE.
TRIO
DES CONVIVES.

FAITES couler les flots d'un vin délicieux ;
Versé par mon Hébé, c'est le nectar des dieux.

Que la danse, le chant, que le son de la lyre,
De nos esprits troublés échauffent le délire;

Faites couler les flots d'un vin délicieux;
Versé par mon Hébé, c'est le nectar des dieux.

PREMIER CONVIVE.

Oui, les dieux, s'il en est, nous porteront envie.

DEUXIÈME CONVIVE.

Nos plaisirs font nos dieux;

TROISIÈME CONVIVE.

Ils font notre destin.

PREMIER CONVIVE.

Hier, en un charmant festin,
De Laïs l'aimable folie ....

DEUXIÈME CONVIVE.

Laïs ? avec elle demain,
Chés moi tous deux je vous convie.

ENSEMBLE.

Nos plaisirs font nos dieux, ils font notre destin.

Que la danse, le chant, que le son de la lyre,
De nos esprits troublés échauffent le délire;

DEUXIÈME ENTRÉE.

Faites couler les flots d'un vin délicieux ;
Verſé par mon Hébé, c'eſt le nectar des dieux.

(*On danſe.*)

UN MINISTRE du feſtin.

Deux jeunes inconnus, non loin de ces portiques,
Implorent le bienfait de l'hoſpitalité :
Étrangers, ſans ſecours…

UN CONVIVE.

Quelle importunité !

LE MINISTRE du feſtin.

Seront-ils admis ?

UN CONVIVE.

Non. Ces lambris magnifiques
Sont l'aſile riant des jeux,
Et non celui des malheureux.

(*On reprend la danſe.*)

(*Les CONVIVES ſe mêlent avec les danſeurs ; ils
s'arment tous de flambeaux*).

LE CHŒUR.

Venés ; qu'on s'emprèſſe.
Notre folle ivreſſe
Répand la gaieté :
Que de tout côté

La nuit disparoisse ;
Sur son ombre épaisse
Jettons la clarté.

Venés, &c.

(*Ils sortent tumultuairement.*)

SCÈNE II.

(*Le théâtre change, il représente la chaumière de* PHILÉMON *& de* BAUCIS : *on apperçoit, dans l'éloignement, quelques maisons de la ville ; la chaumière est isolée : vue de la campagne. Dans le fond du théâtre est un fleuve ; plus loin, une montagne : l'un & l'autre est en partie caché par des arbres & par la chaumière.* PHILÉMON *&* BAUCIS *dorment sur un lit de gazon ;* PHILÉMON *s'éveille le premier.*)

PHILÉMON, BAUCIS.

PHILÉMON.

A I R.

DE l'aurore déjà la clarté douce & pure
Annonce à l'univers le céleste flambeau ;
Quel spectacle plus beau
Que le réveil de la nature ?

Le fein des fleurs s'épanouit ;
     L'oifeau chante & fe réjouit ;
Tandis que fa gaieté ranime la campagne.

(Il s'approche de BAUCIS *& la regarde.*)

Tu dors, Baucis... que ton fommeil eft doux !
La fenfible colombe appele fa compagne ;
Entens, Baucis, entens la voix de ton époux.

(Elle s'éveille).

De l'aurore déjà la clarté douce & pure
Annonce à l'univers le célefte flambeau ;
     Quel fpectacle plus beau
     Que le réveil de la nature ?

B A U C I S.

Avec toi j'aime à l'admirer.

P H I L É M O N.

Vertueufe Baucis, il eft tems d'honorer
     Ces dieux, dont la bonté puiffante
Des tréfors de la terre enrichit ce vallon ;
     Ces dieux, dont la main bienfaifante
     Unit Baucis & Philémon.

E N S E M B L E.

Grands dieux ! de vos bienfaits la fource eft infinie ;

D

Mon œil, dès le matin, s'ouvre pour les compter ;
Dès le matin, ma langue se délie,
Pour les chanter.

BAUCIS.

Cher Philémon, ô toi que j'aime,
Toi, qui fais mon bonheur !
Reçois, après l'être suprême,
Les tributs de mon cœur.
Dès le printems de nos années,
L'hymen joignit nos destinées.

PHILÉMON.

Par le plus tendre amour nos cœurs furent unis ;
Baucis est tout pour moi, je suis tout pour Baucis.

BAUCIS.

Sans ce nœud plein de charmes,
Par qui de nos destins le cours fut embelli,
Qu'eussé-je fait, hélas ! au monde, où j'ai vieilli?
Notre jeunesse a passé sans allarmes.

PHILÉMON.

Notre vieillesse est sans remords :

BAUCIS.

Jamais la pauvreté n'a fait couler nos larmes.

PHILÉMON.

Et le riche souvent pleure sur ses trésors.

A I R.

De l'active indigence,
La paisible innocence
Adoucit les travaux ;
De l'oisive richesse,
Les passions, sans-cèsse,
Tourmèntent le repos.

L'excès des biens fatigue ;
Si le ciel les prodigue,
Le cœur en jouit moins :
Mortels, pour être heureux, il vous faut des besoins.

De l'active indigence,
La paisible innocence
Adoucit les travaux ;
De l'oisive richesse,
Les passions, fans-cèsse,
Tourmentent le repos.

B A U C I S.

Cependant, une sombre idée
Trouble mon âme intimidée :
Bien-tôt ces bras trop affoiblis,

D ij

Ne fupporteront plus un travail néceffaire ;
Qui nous garantira de l'affreufe mifère ?

PHILÉMON.

Les dieux que nous avons fervis.

BAUCIS.

AIR.

Du ciel béniffés la clémence,
Heureux époux, à qui le fort difpenfe
D'un chafte hymen les tendres fruits.

Appuis de leur enfance ;
Quand le terme s'avance,
Votre caducité trouve en eux des appuis.

Du ciel béniffés la clémence,
Heureux époux, à qui le fort difpenfe
D'un chafte hymen les tendres fruits.

PHILÉMON.

Ah ! du moins, époufe chérie,
Dans cette ville adoptons des enfants ;
Que ce champ foit leur bien, qu'ils aident nos vieux
ans.

BAUCIS.

Que dis-tu, Philémon ? dans cette ville impie !
Ne te fouvient-il plus quels font fes habitans ?

Les maux qu'ils nous ont faits…

PHILÉMON.

Que le ciel les oublie…

(*Jupiter & Mercure, sous un habit étranger, paroîssent dans le fond du théâtre.*)

Mais, Baucis, qu'est-ce que je vois?

BAUCIS.

Deux étrangers….

PHILÉMON.

Qui les amène?

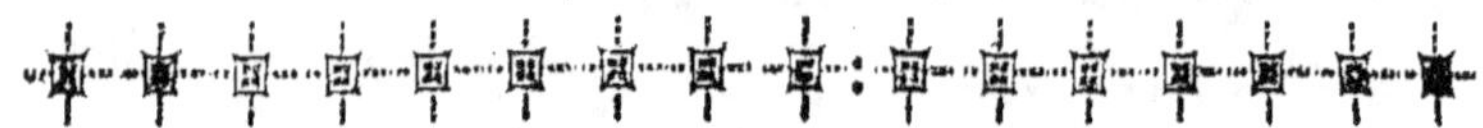

SCÈNE III.

JUPITER, MERCURE, PHILÉMON, BAUCIS.

JUPITER.

De l'hofpitalité nous réclamons les droits :

PHILÉMON.

Hélas ! nous vous l'offrons fans peine ;

(*En montrant fa chaumière.*)

Mais vous voyés, jeune étranger,
Quelle eft notre indigence extrême ;
Sans murmurer nous la fouffrons nous-même,
Et nous n'ofons la faire partager.

(*En montrant la ville.*)

Sous de plus riches toits vous pourriés l'un & l'autre...

JUPITER.

Ils nous font tous fermés.

PHILÉMON.

Acceptés donc le nôtre.

BAUCIS.

Approchés, mes enfants. Ne vous offensés pas
D'un nom, que ma vieillesse & que mon cœur vous
donne.

(*Bas à* PHILÉMON).

Vois quelle majesté dans toute leur personne !

JUPITER, *bas à* MERCURE.

Mercure ! ici fixons nos pas.

BAUCIS.

D'où venés-vous ? quelle est votre patrie ?

JUPITER.

Nous n'en connoissons point.

PHILÉMON.

Que dites-vous ? Hélas !
Vous ignorés le lieu qui vous donna la vie ?
Ah ! vous ignorés donc, (étrangers, je vous plains,)
Un des plus doux plaisirs que goûtent les humains.

JUPITER.

Vieillard, ami des dieux ! quel amour vous anime
Pour un pays ingrat, habité par le crime ?

PHILÉMON.

RÉCITATIF OBLIGÉ.

J’ai reçu dans ces lieux les premiers dons du ciel ;
Ici l’aſtre fécond , qui répand la lumière,
 Deſſilla ma foible paupière ;
Ici je repoſois dans le ſein maternel.

A I R.

Non , rien n’effacera de mon âme attendrie
L’amour , le ſaint amour qu’inſpire la patrie :

 Ici je t’ai fermé les yeux,
Cher auteur de mes jours , ô reſpectable père !
 Et ta cendre , que je révère,
 Dort en paix dans ces mêmes lieux ,
 Près de celle qui te fut chère ,
 Près de celle de mes ayeux ;

Non, rien n’effacera de mon âme attendrie
L’amour , le ſaint amour qu’inſpire la patrie.

JUPITER.

Mais vos concitoyens !...

PHILÉMON.

Peut-être ils changeront.
JUPITER.

JUPITER.

Il n'eſt plus tems : bientôt ils connoîtront
Quelle eſt du ciel vengeur l'infléxible juſtice ;
Ils recevront le prix de tous leurs attentâts.

PHILÉMON & BAUCIS.

Que ce préſage , ô dieux, jamais ne s'accompliſſe ;
Dieux , éclairés l'impie, & ne l'accablés pas.

JUPITER.

Votre pitié pour eux condamne ces ingrats.

QUATUOR.

JUPITER, MERCURE.

Ah ! c'eſt trop différer leur peine ,
Deſcens du haut des cieux , ô vengeance , deſcens !

PHILÉMON, BAUCIS.

Quel trouble je reſſens ,
Quelle frayeur ſoudaine !

JUPITER.

Nature, entens ma voix ,
Nature , enfreins les loix
Que t'impoſa la bonté ſouveraine.

(*On entend le tonnerre.*)

E

JUPITER, MERCURE.	PHILÉMON, BAUCIS.
Ah ! c'eſt trop différer leur peine;	Ah ! je vous reconnois ſans peine ;
Deſcens, o vengeance, deſcens !	Je vous reconnois, dieux puiſſants.

SCÈNE IV.

LES ACTEURS *de la Scêne précédente.*

(CHŒUR, *derrière le théâtre.*)

LE *CHŒUR.*

Dieux cruels, épuiſés votre injuſte colère.

JUPITER, MERCURE.

Du méchant qui blaſphême entendés-vous les cris ?

PHILÉMON, BAUCIS.

Entendés la prière
De Philémon & de Baucis.

LE *CHŒUR derrière le théâtre.*

Dieux cruels, épuiſés votre injuſte colère.

JUPITER, MERCURE.	PHILÉMON, BAUCIS.
Sortés de ces lieux, ſuivés-nous,	Sortons de ces lieux..près de vous
Et ne redoutés point le céleſte	Nous ne redoutons point le céleſte
courroux.	courroux.

(*Ils ſortent.*)

SCÈNE V.

CHŒUR.

(Ils arrivent en désordre sur le théâtre.)

OÙ fuir ? où nous cacher ? quelle effroyable guerre
Nous livrent les éléments ?
Sous nos piés tremble la terre ;
Éole déchaîne les vents ;
Les bruyants éclats du tonnerre
Se mêlent à leurs sifflements.

(Les eaux débordent.)

Fleuve, fleuve, rentrés dans vos grottes pr ofondes ;
Cessés de nous pourfuivre, impitoyables ondes !
Fleuve, qui remontés de l'abîme des mers
Pour enfevelir l'univers,
Rentrés dans vos grottes profondes.

*(Les eaux débordent de plus en plus ; les arbres,
la chaumière, le peuple, font engloutis fucceffi-
vement.)*

C'en eft fait, tout périt,
Notre afyle eft détruit,
il tombe ;

E ij

C'en est fait, tout périt,
Tout un peuple détruit,
Succombe.

(*Tout est submergé. Le théâtre ne représente plus qu'une vaste étendue d'eau, bornée par la montagne que l'on découvre toute entière, & sur laquelle on voit JUPITER, MERCURE, PHILÉ-MON & BAUCIS.*)

SCÈNE VI.

JUPITER, MERCURE, PHILÉMON, BAUCIS.

JUPITER.

Fleuve, retirés-vous ; parois, astre du jour.

(*Les eaux se retirent, le calme se rétablit.*)

PHILÉMON, BAUCIS.

Je repose, grand dieu, sous ta majesté sainte :
Saisi de respect & d'amour,
Mon cœur ne ressent point la crainte.

JUPITER.

Lieux que l'impie a prophanés,
Du souverain des dieux soyés le temple auguste.

(*Il s'élève un Temple.*)

(*à* PHILÉMON *&* à BAUCIS.)

Et vous, de Jupiter ministres fortunés,
Vous m'offrirés l'encens d'un peuple heureux & juste:
Naissés, peuple naissés, habités dans ces lieux;

(*Le peuple paroît.*)

Peuple, venés apprendre à révérer les dieux.

SCÈNE VII.

LES ACTEURS PRÉCÉDENTS, LE PEUPLE.

LE *CHŒUR*, à PHILÉMON *&* à BAUCIS.

Nous apprenons de vous à révérer les dieux.

(*Ce dernier vers est dit par le Peuple, tandis que
les* DIEUX, PHILÉMON *&* BAUCIS *descendent
de la montagne. Les dieux s'élevent sur un nuage;
une cité nouvelle paroît.*)

DUO.

PHILÉMON *&* BAUCIS.

A tant de biens, que vous daignés répandre,
Joignés de nouvelles faveurs ;
Que jamais sur sa froide cendre
Je ne verse des pleurs.

PHILÉMON, *en montrant* BAUCIS.

O dieux, qui me l'avés donnée !

B A U C I S.

Dieux, maîtres de ma deſtinée!

E N S E M B L E.

Avec ſes jours, mes jours furent unis;
Avec ſes jours, que mes jours ſoient finis.

A tant de biens, que vous daignés répandre,
Joignés de nouvelles faveurs;
Que jamais ſur ſa froide cendre
Je ne verſe des pleurs.

J U P I T E R.

Oui, j'exauce les vœux d'un amour auſſi tendre.

(*Jupiter & Mercure remontent aux cieux.*)

SCÈNE VIII.

PHILÉMON, BAUCIS: LE PEUPLE.

PHILÉMON.

PEuple, commencés vos concerts :
Que les premiers honneurs foient pour l'être fuprême.
Il créa ce vafte univers,
Et ne peut rien créer de fi grand que lui-même.

LE CHŒUR.

Au maître de l'univers,
Offrons nos jeux, nos concerts.
Tout eft plein de fa puiffance,
Nous reffentons fa clémence.

Sous l'effort de fon bras le Vice eft abattu ;
Il relève l'Innocence
Et couronne la Vertu.

Tout eft plein de fa puiffance,
Nous reffentons fa clémence ;
Au maître de l'univers
Offrons nos jeux, nos concerts.

(On danfe.)

(Les nouveaux habitants de la ville s'uniffent entr'eux.)

BAUCIS.

ARIETTE.

Regnés, amour, dans ces retraites,
Que l'Hymen habite où vous êtes ;
Un plaisir innocent, est le seul bien parfait.
Que jamais l'amant n'oublie
La bergère qui lui plait :
Bergères, toute la vie
Chérissés le même objèt :
La constance justifie
Le choix que le cœur a fait.

Regnés, &c.   (On danse.)

APPROBATION.

J'AI lu, par ordre de Monseigneur le Garde des Sceaux, *ALÉXIS*, *& DAPHNÉ*, *& PHILÉMON*, *& BAUCIS* ; & je n'y ai rien trouvé qui m'ait paru devoir en empêcher l'impression. A paris, ce premier Septembre 1775.   CRÉBILLON.